SILVER

LUPO ALBERTO

ENTNERVT

Der 1.

D1730663

Wolfgang Krüger Verlag

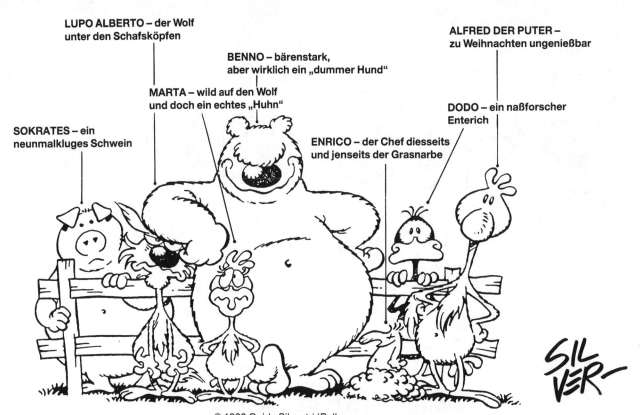

LUPO ALBERTO – der Wolf
unter den Schafsköpfen

BENNO – bärenstark,
aber wirklich ein „dummer Hund"

ALFRED DER PUTER –
zu Weihnachten ungenießbar

MARTA – wild auf den Wolf
und doch ein echtes „Huhn"

DODO – ein naßforscher
Enterich

SOKRATES – ein
neunmalkluges Schwein

ENRICO – der Chef diesseits
und jenseits der Grasnarbe

© 1988 Guido Silvestri / Bulls

BiG DiG NiP.

ICH HAB' DICH, ELENDER WOLF. NICHT MIT MIR! RAUSKOMMEN!

·53 SILVER '74

WER SOLL RAUSKOMMEN? ACH, WENN DU SCHON DA BIST, SEI DOCH SO NETT, UND REICH MIR DAS SALZ!

O NAG GLUGG MAMPF GULP

JETZT WERDE ICH DIR ZEIGEN, WAS ICH IM KARATEKURS GELERNT HABE. PASS AUF, WIE ICH ES DEM DUMMEN MUSKELPAKET DA GEBEN WERDE...

JAiiii

GESUNDHEIT

DANKE!

·54 SILVER '74

LUDOVICO IST HEUTE MORGEN SEHR BESCHÄFTIGT. WAS HAT ER VOR?

ICH GLAUBE, ER TRAINIERT FÜR DEN GROSSEN PREIS DER TRABER"!

OH, TOLL! UND WIE KLAPPT'S?

TJA, ER RENNT UND RENNT...

... NUR SEIN STIL MACHT MICH SPRACHLOS...

KLAPP   KLAPP   KLAPP

WAS HÄLTST DU DAVON, WENN WIR HIER DIE AURORA ERWARTEN?

DONNERWETTER, DAS IST EINE IDEE!

ABER WANN KOMMT SIE?

WER?

NA, DEINE FREUNDIN AURORA!

DU MEINE GÜTE! WIE ERKLÄR ICH DAS JETZT BLOSS?

HÜHNER STALL

DIESES MAL ENTWISCHT ER MIR NICHT! ICH SCHNAPPE IN MIR AUF FRISCHER TAT!

HALLO, MÄDELS, KOMM ICH NOCH RECHTZEITIG ZUM CANASTA?

5

SCHAU, SOKRATES, MEIN GRÖSSTES BEDÜRFNIS IST ZUNEIGUNG, MITEINANDER REDEN UND SICH ANDEREN NAHE FÜHLEN... NICHTS IST TRÖSTLICHER ALS DAS WORT EINES FREUNDES, DER ZU EINEM STEHT.

... ABER ICH BIN JA BEI DIR. GLAUB MIR, ICH WÜRDE ALLES FÜR DICH TUN...

DU ?!? MIT DEM BAUCH UND DER NASE !!!

5

HA HA HA HA HA HA HA HA HA HA HA HA HA HA HA HA HA

WUSCH!

TUMP!

WUSCH!

HALBZEIT

BOP

'SCHULDIGUNG, MARTA! ES IST KOMISCH... PLÖTZLICH HAB' ICH MICH AN MEINE JUGEND ALS RUGBY-CHAMPION ERINNERT... JUNGE, DAS WAR'N ZEITEN!

ES IST FAST ELF! KOMM, WIR GEHEN SCHLAFEN.

WIE...DU STEHST HEUTE ABEND NICHT WACHE?

OH NEIN, ALBERTO WIRD SICH BESTIMMT NICHT SEHEN LASSEN.. ER HAT GERADE HEUTE SEINEN PELZ AUS DER REINIGUNG GEHOLT!

JEDES MAL DER GLEICHE MIST!

BITTE, ALBERTO, LASS MICH NOCH MAL...

HÖR AUF, MARTA... SEI NICHT KINDISCH...

NUR EINMAL, KOMM!

ALSO GUT, ABER DAS IST DAS LETZTE MAL!

TÜT TÜT TÜT

YIPPIII

EINE RICHTIGE FANFARE WÄRE MIR LIEBER...

'85. SILVER 74

ES IST INTERESSANT, FESTZUSTELLEN, WIE "JUNGE ENTENKÜKEN", SOBALD SIE GESCHLÜPFT SIND, IN ALLEM, WAS SICH BEWEGT, DIE EIGENE MUTTER ERKENNEN; IN EINEM BALL ODER SPIEL- ZEUG EBENSO WIE IN EINEM TIER. ES IST UNWICHTIG, WAS ES IST, HAUPTSACHE, ES BEWEGT SICH...

KENNST DU DIE NATUR?

7

DASS BEDEUTET WOHL, DASS ICH FÜR DIE NÄCHSTEN DREI WOCHEN UNBEWEGLICH HIER STEHENBLEIBEN MUSS...

QUACK! QUACK! QUACK! QUACK! QUACK! QUACK! QUACK! QUACK! QUACK! QUACK! QUACK!

'86. SILVER 74

WEISST DU SCHON DAS ALLERNEUSTE? ALBERTO HAT ES AN DER LEBER, UND DER ARZT HAT IHM HÜHNER TOTAL VERBOTEN... DAS BEDEUTET, DASS ICH DIE NÄCHSTE ZEIT RUHE VOR IHM HABE. IST DAS NICHT UNGLAUBLICH?

IN DER TAT!

LEUTE, WAS FÜR EIN GLÜCK! SEITDEM DER ARZT ALBERTO DIE HÜHNER VERBOTEN HAT, SIND DIE NÄCHTE AUF DEM BAUERNHOF UNGLAUBLICH RUHIG... EIN RICHTIGES PARADIES!

GEHT ES DIR SCHON BESSER?

TIP
TAP

ALSO GLAUB MIR, MEIN LIEBER, OHNE DIESE DINGER AUF DEN OHREN HAST DU NOCH NIE RICHTIG MUSIK GEHÖRT...

WEISST DU, DAS IST DER LETZTE SCHREI...

OH, ALBERTO, DU KENNST IMMER DEN NEUESTEN TREND!

OH, MAMA, ICH BIN SO GLÜCKLICH... DU HÄTTEST DAS STRAHLEN IN SEINEM GESICHT SEHEN SOLLEN, ALS ICH IHM SAGTE: ALBERTO, ICH HABE BESCHLOSSEN, DASS WIR MORGEN HEIRATEN... IST DAS NICHT WUNDERBAR! UND ER ANTWORTETE: WAHRHAFTIG, ICH BRAUCHE JEMANDEN, DER MICH HOCHZIEHT!

MAL SEHEN, OB ICH MICH NICHT ALLEIN GENUG HOCHZIEHEN KANN...

EIN HEISSES BAD, EIN HEISSES BAD! GLAUBST DU WIRKLICH, ICH BIN SO BLÖD UND KAPIER NICHT, DASS DAS NUR EIN VORWAND IST. ABER ES IST DAS LETZTE MAL, DAMIT DU'S WEISST!

JEDESMAL DIE GLEICHE GESCHICHTE, WENN ER LUST AUF HÜHNERBRÜHE HAT

.101. SILVER '74

HE, SPECKKUGEL! DA LIEGT EINER AUF DEM BODEN!

DAS SEHE ICH, BOHNENSTANGE! VIELLEICHT IST IHM SCHLECHT. ICH FRAGE IHN MAL: ENTSCHULDIGEN SIE MEIN HERR, FÜHLEN SIE SICH NICHT GUT?

MIR GEHT'S BESTENS! SEHT IHR NICHT, DASS ICH KRIECHE?

UND WARUM KRIECHEN SIE?

TJA, WARUM KRIECHEN SIE?

WAS FÜR EINE FRAGE! UM MEINE BRÖTCHEN ZU VERDIENEN...

7

102 SILVER '74

ICH VERSTEHE. ER MUSS BEAMTER IN EINEM MINISTERIUM SEIN, DER AUF BEFÖRDERUNG HOFFT!

JA, JA, ONKEL PIPPO HAT AUCH EINES TAGES IN EINEM MISTERUM...EINEM MINSTRUM...EINEM MIRTR..ANGEFANGEN

BOING!

ES WAR EINE KLARE VOLLMONDNACHT. ER FÜHLTE SICH SONDERBAR AUFGEWÜHLT. PLÖTZLICH BEMERKTE ER MIT SCHRECKEN, DASS ER SEIN FELL VERLOR UND EINE SCHLEIMIGE ROSA HAUT, GLEICH DER EINES WURMES, SICHTBAR WURDE. SEIN SCHWANZ WAR VERSCHWUNDEN, VON DEN KRALLEN BLIEB NICHTS ÜBRIG...

... SEINE SCHRECKLICHEN HAUER VERWANDELTEN SICH IN EINE KLÄGLICHE ZAHNPROTHESE. WIE DURCH EINEN ZAUBER ÜBERZOGEN KLEIDER SEINEN KÖRPER!

PLÖTZLICH WURDE ER VON EINEM UNWIDERSTEHLICHEN IMPULS GETRIEBEN UND SCHRIE MIT RAUHER STIMME: **SIE WISSEN NICHT, WER ICH BIN!!!**

DAS LE..HIK DAS LEBEN IST SCHÖN. SCHÖN..HIK WEHENN ICH DEN IDIOT FINDE, DER DEN BODEN UHUNTER HIK MEINEN FÜSSEN HIK HIN UND HER ZIEHT, BEISSE ICH IHM HIK EIN OHR AB...HIK HIK...

EH ENDLICH ZU HAHAUSE... HIK ZU HAHAUSE, ZU HAHAUSE, WENN... MEIHEINE FRAU NICHT DA WÄRE... HA! HA! HIK

HA! HA! WIE WITZIG! ER VERWECHSELT MICH MIT SEINER WOHNUNG! JETZT GIBT'S WAS ZU LACHEN

HIC!

DA MARTA! ER IST HIER REIN UND NICHT MEHR RAUSGEKOMMEN...SIEHST DU IHN?

DAS LICHT HIK WO IST DAS LICHT?

Aus dem Italienischen von Regina Eisele

Copyright © 1988 Guido Silvestri / Bulls
Deutsche Lizenzausgabe im S. Fischer Verlag GmbH,
Frankfurt am Main
Umschlaggestaltung: Ulrike Eckel
Druck und Bindung: Clausen & Bosse, Leck
ISBN 3-8105-1120-X